KB077325

사십편시선 024

이민우 시집

십일월을 만지다

2016년 8월 29일 제1판 제1쇄 발행
2016년 9월 5일 제1판 제2쇄 발행

지은이 이면우
펴낸이 강봉구

편집 김윤철
디자인 bonggune
인쇄제본 (주)아이엠피

펴낸곳 작은숲출판사
등록번호 제406-2013-000081호
주소 10880 경기도 파주시 신촌로 21-30(신촌동)
전화 070-4067-8560
팩스 0505-499-8560
홈페이지 http://www.작은숲.net
이메일 littlef2010@daum.net

ⓒ 이면우

ISBN 979-11-6035-000-5 03810
값은 뒤표지에 있습니다.

※이 책은 저작권법에 따라 보호받는 저작물이므로 무단 전재와 무단 복제를 금합니다.
※이 시집은 대전문화재단과 한국문화예술 위원회의 지원을 받았습니다.

십일월을 만지다

이면우 시집

작은숲

| 차례 |

제1부

제2부

제3부

제1부

고비사막을 건너는 힘

낙타도 없이

이 세상 끝에 무엇하러 왔느냐고 물어주길 바라며

찬바람 쌩쌩 흙먼지 풀풀대는 사막을 걸어갔다

이렇게 대답해줄 참이었다

흰구름 양 떼 따라 바로 당신을 만나러 왔노라고,

흙모래 속 듬성듬성 바다자갈 낯선

이 사막을 다 건너

처음 만나게 될

나무 같은

다음 생을 만나러 왔노라고

교감

나무 아래 나무 둥치 두 팔 벌려 잡고 고개 쳐들어 우듬지께 보며 나무야, 나무야, 불러봤습니다 누굴 이토록 간절히 불러보기 얼마만입니까 고개 젖혀, 누굴 환하게 올려다보기 또 얼마만입니까 그때 바람결인가, 수십백천만 잎사귀 가만가만 흔들렸습니다

큰 걱정 말라고

때 맞춰 비도 내릴 거라고

교대근무자

먼 길 걸어 온 내게 저녁은 의자 하나 내어줍니다
그런데 거기 아직 온기 남아 당신이 방금 길 떠난
줄 알았습니다 의자에 앉아, 허공에 던져진 둥근
공 지구를 떠올립니다 그러면, 애닯고도 웅장한
선율 한 대접 냉수처럼 몸속으로 흘러들어옵니다
그래요, 이 음악이 아니면 당신이 어떻게 밤길 그
토록 멀리 다녀오겠습니까 지구가 제 음악에 취
하지 않았다면 그토록 오래, 쏜살같이 태양 둘레
를 돌겠습니까 세상엔 밤낮으로 일하는 이들 번
갈아 쉴 의자가 있습니다 그들 위해 교대근무자

없는 지구는 허공을 거침없이 뚫고나가며 연주를

계속합니다 자바의 원시림, 아마존강, 아직 뱃길

닿지 않은 바다와 고비사막 돌개바람도 잠시 때를

놓고 지구를 깊이깊이 들이쉽니다

그런데 이 소리 없는 음악은 몸 전체로 들어야 취

한다지요

꿈 없는 잠처럼 듣고 나면 금방 잊어버린다지요

코끼리는 언제 우는가

초원의 아침 코끼리를 만난 당신은 멀찍이 이렇
게 묻게 될 거다 저이를 만나러 수천 리 건너온 나
는 왜 선뜻 다가서지 못하는가 안개보다 더 느리
게 움직이는 저이는 무성한 나무 한 그루와 무엇
이 다른가 실은 이렇게 묻는 게 낫다 아침 코끼리
는 왜 자신을 울지 않는가

해가 안개 걷어내면 코끼리 안장은 가난처럼 거침
없이 드러난다 당신도 나도 거기 올라앉아 콩 볶
는 햇살 폭포 길게 건너간다 앞선 꽁무니 불쑥 솟

은 절벽 아래 모래 섞인 무더기똥 털썩털썩 쏟아
져 내린다 거대한 목 옭아 맨 붉은 동아줄 한끝 움
켜쥔 채 알 수 없는 곳으로 쿵쿵 땅 울리며 가는 길
은 낯선 슬픔이다 그런데, 코끼리는 언제 우는가

그이들 다시 나무 되는 저녁이다 저녁은 누군가를
위해 울어줘야 하는 시간이라고 들었다 울지 않는
나무에게 버스는 두 번 길게 경적을 울려주었다
그렇다 당신과 내가 어둔 창유리 너머 초원을 응
시하듯 이제 어디서든 무언가 골똘하게 되면 꼼짝
없이 코끼리를 만나게 되리라 그때 우리는 움직이
는 나무를 위해 소리없이 울어줘야 한다

그 강

백 리 저쪽 그 강, 물비린내를 맡아 보셨는지요 산 너머 자줏빛 구름 아래 가슴 에이듯 서러운 냄새 말입니다 오늘, 낯선 계곡을 지나다 멀리 낚싯대 들고 선 당신을 봤습니다 낭창낭창 대 끝이 추억 쪽으로 무슨 신호 보내듯 끄덕끄덕댔습니다 당신은 가슴에 다 쫄아붙도록 강 한줄기 가졌습니까 걷어부치지 않아도 발목부터 시린 강 맨발로 건너는 중입니까 그렇다고, 때가 되면 다 그렇다고, 낚싯대는 저 혼자 끄덕끄덕

손끝에서 풀린 강 한줄기,

버스 창유리에 서늘히 흘러갔습니다

당신은 그 강을 다 건너셨습니까

노을

세상은 아주 오래된 부엌입니다 길가로 난 어둑한 문 안에서 누군가, 느지막이 길 가는 이를 위해 가마솥 가득 붉은 수수죽을 쑤는 중입니다 타박타박 발자국에 물 한 바가지 부어 휘젓고 뚜벅뚜벅 발자국에 크게 한 바가지 더 붓고 휘휘저어 슬긍긍 뚜껑 닫고 아궁이를 들여다봅니다 찬찬히 들여다봅니다

당신이 지금 허리 굽혀 아궁이를 들여다보는

바로 그 눈 아닙니까

기러기

다저녁때 하늘에서 내려온 수백 개 섬들 가느다란
목을 제 죽지에 묻고 잠드는 밤 여럿 지나갔다 그
래, 날개 접으면 새도 섬이 되는 줄 알았다

섬 주인네 편케 자라고 일찍 불 끄고 누운 밤, 물결
높고 새도록 눈 내려 일렁이는 섬 등에 눈섬 하나
씩 더 얹혔다 새하얀 징검다리 생겼다 그제야, 호
수 건너 마을 만나야 될 사람이 간절해졌다

월식月蝕

어둠 저쪽으로 걸어들어 가는 이 뒷모습을 바라보셨지요 두 팔로 둥글게 몸 감싸 안고 다만 오래 그렇게 바라보셨지요 그 때 당신 몸 속에 노랗고 따듯한 달 하나 떠올랐습니까 그래, 그 달 속에 누군가를 가두셨습니까

그가 그토록 오래 당신 안을 지나갈 줄 정말 모르셨습니까

십일월을 만지다

남쪽으로 갈 때, 나는 버스의 오른쪽에 앉고 싶습니다 내내 햇빛 비치는 곳에서 당신을 생각할 겁니다 그러면, 가지에서 가지로 쉼없이 건너다니는 수마트라섬 긴팔원숭이의 기쁨도 따라올 겁니다 십일월에 남쪽으로 갈 때는 버스의 오른쪽에 앉아, 뻘을 서로 발라주며 깔깔대다 웅덩이로 풍덩 뛰어들어 물속에서 하늘을 올려다보는 아이들의 충분充分을 넌지시 웃게 될 겁니다 햇빛 속 맑은 물렁뼈 같은 냉기를 따라가며 무엇보다 먼저, 자신을 즐기는 일에 취해 끝없이 자맥질하는 먼바다 아기고래의 몸짓을 떠올릴 겁니다 솟구치거나 가라앉거나 여전히 바다며 고래이듯 한 삶이 그토록 오래 그리워한 건 바로 삶 자체라는 것, 스르르 펼쳐진 손바닥 어디께쯤 슬몃 와닿는 그것, 그게 실은 막 물을 가장 높이 뿜어 올린 고래를 만진 일임을 알게 해준 십일월의 날들을 동그랗게 오므려 간직할 수 있도록, 한번 더 남쪽으로 가도록 허락된다면, 당신을 처음 만진 기쁨을 맨 먼저 떠올릴 수 있는 버스의 오른쪽에 앉고 싶습니다

그 자리

그 자리에 다시 가보셨는지요 둘러보다 너무 아파
손으로 꾹 눌러준 가슴 같은 자리, 가진 적 있습니
다 마음이 불어 간 곳 저녁 옥수수밭처럼 서걱댑
니다 당신은 다저녁때 옥수수 이빨 빠지듯 서러운
그 자리에 가 오래 울어보셨는지요 되짚어 가, 뭘
두고 왔나 서성대다 아아아, 바로 이 자리를 두고
온 거였구나 싶어 크게, 소리내어 웃어보셨는지요

울음 껍질 벗겨내면 어스름 속에서 환한

옥수수 속살 같은 그런 웃음자리 만난 적 있습니다

말과 돌

너무 빨리 도착한 고백은 돌 되어 강물에 가라앉
습니다 여울목 자갈들 가만가만 울고 그걸 가슴에
담는 밤 여럿 지나왔습니다 때로는 말 거는 밤도
있어 도란도란 알아듣는 귀가 생겨났습니다 지금
당신은 끝내 말 되지 못한 돌 몇 개나 가슴에 품고
가는 중입니까 주머니 속 호두알 손바닥처럼 따
스해지듯, 돌 하나에 이름 하나씩 오래오래 불러
보셨습니까

너무 늦게 도착한 고백은 돌 되어 가슴에 가라앉습니다 여울목 자갈들 제 몸에 산, 강, 달 같은 무늬 새겨 넣듯 말 되지 못한 돌의 슬픔은 끝없이 제 몸을 어루만져줍니다 그렇게, 당신의 돌들은 지금 충분히 둥글어졌습니까

세상의 다른 아침

저녁 나무는 집을 짓는 대신 새를 꿈꾼다지요 그러면 저녁 새들은 나무의 꿈속에 깃듭니다 만리 밖 투르판, 속에 새를 품고 나무가 환히 우는 아침을 만났습니다 그런 나무들 양쪽으로 쭉 늘어선 길

먼저 살수차가 융단 깔아나가자 흰수건 머리에 두른 위구르 여인들, 초록잎 달린 빗자루로 바닥을 쓸었습니다 아니, 여기가 사막 한 가운데 아닙니까 구름 한 점 없는 하늘 대신 웬 물 땅에 뿌린답니까 당신은 잠깐 어리둥절 새

무슨 양털 뭉치 가슴에 품은 사내 저만치 길 건너
오더이다 눈길 떼면 금방 날아가버릴 듯 서너 발
자국 한번 들여다보고 또 들여다보며 이쪽으로 건
너오더이다 버스도 트럭도 아닌 차들 달려와 경
적도 없이 멈춰 서고 거기, 눈동자들 반짝 빛났습
니다

가까스로, 그게 포대기란 걸 눈치챈 낯선 곳에서
누군가를 가슴에 품고 아침 나무처럼 환히 울어
보셨습니까

제2부

손님

맨 처음 제가 저녁을 굶어 한번 와봤다 하셨지요
그래 꼭 챙겨먹은 밤 또 오십니다 청하지 않으니
지나는 길에 들러봤다 하십니다 그럼 불 켜 두고
산보 나선 빈방 창밖 내다보고 선 당신은 웬 깜짝
입니까 무슨 손님이 남 안에 막무가내 들어선답니
까 행여 제게, 누군가 밖에서 그토록 간절히 부르
는 소리 안에서 몰라라 한 적 있던가 문고리 되레
걸어닫고 다만 어서 그냥 지나가기만 바랐던가 북
풍한설北風寒雪 그 때, 바로 당신이셨습니까

그래요 제가 아니면 당신의 거처 어디겠습니까

사람은 아주 오래된 슬픔의 집입니다

당신이 다녀가셨다

인파를 따라가는 저녁입니다 옛 굴다리 지나다 보이지 않는 기차가 천정, 벽, 물고기 모자이크 타일 바닥, 청국장 냄새 같은 어스름 한꺼번에 덜컹덜컹 흔들 때 돌연 소름 쭉 돋았습니다 귀 닫고 눈 감아도 다 듣고 본 것은 꽃잎 같은 얼굴들, 발자국 소리도 없이 함께 흘러갔습니다 얼핏 당신과 닿은 듯 멈춰 입 저절로 크게 열리고 떨리는 손 어깨만큼 치켜들다 끝내 그냥 스쳐지난 듯 가슴 저려왔습니다 다 살아도 날 만나지 못하면 산 게 아니라는 속삭임, 기차 고함高喊보다 더 길게 지나갔습니다

그래, 소리 냄새 소문뿐인 이런 저녁 얼마나 오래
계속된 뒤에야 당신은 크고 서늘한 손 내미실 겁
니까

돌장승

흐린 날은 먼지 뒤집어 쓴 탓에 그냥 지나쳤습니다 맑은 날은 당신이 보이지 않았습니다 거기 그렇게, 짐짓 웃는 얼굴이려니 하고 말았습니다 그런데 비 내리는 오늘, 어쩌다 시선 당신 쪽으로 갔습니다 그때 버스 막 모퉁이 돈 눈 몇 번 깜빡 새 낯설고 한없이 간절해 이내 외면해버릴 수밖에 없는 일그러진 표정으로 당신은 거기, 꼼짝 않고 서 계셨습니다 빗물이 닦아내 보여준 사람의 얼굴

천 년 전 석공이 돌 속에 그토록 깊은 아픔 감춰 둔 줄 누가 알았겠습니까 아아아 저절로 터져 나온 젖은 신음 맞닥뜨린 천 년 뒤, 제가 어찌 당신을 못 본 척할 수 있겠습니까

빗방울

상수리나무 꼭대기 떨어진 빗방울은 수십수백 잎사귀 만나며 아래로 쭉 내려갑니다 흠씬 젖은 잎사귀는 툭 툭 그냥 보내줍니다 빗방울은 잎사귀에게 안녕 안녕 차례로 만나고 떠나는 인사 점점 빨라져 바람 세찬 하늘바다 새털구름 사이 언뜻언뜻 내비치던 노란 쟁반 등燈 꺼지듯 끝내 하나로 포개집니다 맨 마지막 빗방울은 상수리나무 우산 쓴 누구 정수리에 팍! 꽂혔습니다 칼날이 베고 가는 찰나에도 만남과 헤어짊, 시리게 포개질 것임을 눈치 챈 저녁입니다 그렇잖다면, 나를 버려 당신 되는 일이 왜 그토록 두려웠겠습니까

다 왔다

오늘이 며칠이냐 물으니 다 왔다 하셨지요 지금
어디로 가는 중입니까 물어도 다 왔다 하셨습니
다 흰 지팡이 더듬대듯 무턱대고 따라나선 초행初
行, 가야 할 그곳 꼭 있긴 한 겁니까 내일은 대추야
자나무 빙 둘러 선 푸른 우물 만날 수 있는 겁니까
선인장 가시 맺힌 이슬, 맨발로 건너는 사막, 내딛
기 전 저 먼저 무너지는 모래언덕 같은 허기, 당신
뒤꼭지에 대고 한 번 더 묻습니다 우리가 제 때 맞
춰가는 중입니까 아니, 그곳에선 우리를 벌써 잊
은 게 아닙니까

당신은 여전히

뒤 돌아보지 않고 다 왔다, 하십니다

오래된 문

왕벚나무가 뭉게구름 한 뭉텅이씩 이고 나란히 마주 선 길 끝 가면 그 문 저절로 열릴 듯 했습니다 이쪽에서 다른 세상으로 가는 저쪽 오래 바라봤습니다 이내 황사바람 불고 봄비 사나흘 흩뿌려 꽃 다 지고나면 영영 닫힐 것 같아 애태우며 끝내 가지 못했습니다 한 번 내딛으면 다신 돌아오지 않을 작정에 차마, 첫 한 발짝 선뜻 떼지 못했습니다

인적 끊긴 새벽 왕벚나무 꽃길은 생을 비추는 환
한 거울입니다 혹여 내일에, 그 문 앞 서성대는 절
만나면 모르는 척 해주시렵니까

동행

어제 만 리 밖 화염산火焰山 지나다 풀 한 포기 가시덤불 한줌 허락치 않는 바위산이 끝내 제 그림자마저 태워버린 걸 봤습니다 다시 만 리 되짚어 올 때 웬 그림자 줄곧 따라붙어 그만 거기, 가운데 숨어버렸습니다 그때 그렇게, 안이면서 또 밖인, 당신 그림자 속에 통째 들어앉게 될 줄 제가 어찌 짐작 했겠습니까 오늘은 되새 떼 구름 그림자 뚫고 오래 왁자지껄 지나가는 석양을 만났습니다 저도 한때는 당신이 제 안을 다 지나갔다고 믿었습니다 그늘 속 그늘마냥 당신은 여전히 제 안을 지나는 중입니다 그런데 지금, 당신 안을 저도 힘껏 지나는 중이라면 빙그레 웃어주시렵니까

통화

장마 때 반짝 햇볕 속 굵은 지렁이는 시뻘건 조개
탄 밟고 가는 인도 남자 깡마른 발과 포개집니다
그토록 간절히 가 닿아야 할 자리 있긴 있는 겁니
까 허리 굽혀 지렁이를 풀섶에 되돌리면 아스팔트
는 전생까지 이어진 듯 말갛게 씻겼습니다 아아
아, 이 낯익은 정적과 처음 만난 자리가 어디였더
라 허리 편 바로 그 때 쓰름매미 찌릿찌리릿 울던
길 메타세쿼이어는 툰드라 건너는 전신주電信柱, 알
수 없는 곳으로 까마득히 뻗어나갔습니다

여보세요

여보세요

거기가 내생來生 맞습니까

스와니강 건너기

강 건너는 송전선에 대고, 저기다 흰 빨래 푸지게 해 널면 단박에 마르겠다던 여자와 강 건너 외딴 오두막 살림 십 년 못 채웠습니다 남자는 강 건너는 송전선 보며, 저기다 도르래 걸고 두 손 꽉 움켜잡고 단숨에 미끄러지면 좋겠다며 흰구름 푸른 하늘 아래 가끔 쪽배 저어 나오는 여자를 기다렸습니다 한나절 강 때리며 지나가는 빗방울 세다, 머나먼 저곳 스와니강 함께 부르다, 웬 물비린내 이리 지독하냐며 방문 닫고 떨리는 손 문고리 걸었겠지요

바람 불면 먼저 출렁거려준 강

세상이 허락한 물 위의 날들

연

세찬 바람 속 연줄 힘껏 당겨봤습니다 아니, 연줄에 걸린 하늘바다 깊은 곳 바람 자꾸 잡아 당겼습니다 불 뿜는 용龍 방패연은 좌우로 꼬리 틀며 지금, 여기를 솟구쳐 올랐습니다 더 멀리 떠나도록 줄 길게 풀어주고 더 높이 날아오르도록 팽팽히 당겨주었습니다 더 더 더, 용의 외침 손목 팔뚝 가슴께로 쉼 없이 건너 왔습니다 낯설고 두렵고 간절한 그 무엇, 연줄 송전선送電線 타고 하늘바다 너머까지 흘러갔습니다

고사리손으로 맨 처음 움켜쥔 그곳 바람 감촉 잊
지 않으셨습니까

실은 당신의 다음 생을 묻고 있는 중입니다

봄비

차마 못 지울 걸 눈치챈 당신이 대신 지워주겠노라 하셨지요 그래 몇날 며칠 앙상한 목련나무 아래 천치마냥 서서 기다렸습니다 세상에 꼭 지워야 할 건 안입니까, 밖입니까, 막막한 질문 하나 밑동에 묻어두고 그 저녁 목련나무 떠나왔습니다 쎄루오바 깃 꼭 여며 삼동 건넌 어린 봉오리 잡았다 놓은 감촉만 쥐고

돌아와 안에서 몇날 또 며칠 지켜봤습니다 뭉툭한 목련붓, 무쇠솥 뚜껑 하늘에 대고 무언가 써대더니 주절주절 써대더니 당신은 끝내 말씀 같은 흰

빛 터뜨려 안팎 한꺼번에 다 지워주셨습니다 어제
를 지우는 게 아니라 내일을 새로 내밀어야 한다
고, 그래야 무성한 여름잎으로 나아간다고

창에 먼저 물 줄줄 흘러내린 뒤

천안天安 가는 길

그 길 누가 묻고 나는 쭉 뻗은 길 가리켰다 누군가 또 묻자 무지개 걸린 산 저쪽 향해 손 치켜들었다 당신이 물었을 땐 돌연 막막해져 맨 처음 가르쳐 준 여인이 생각났다 잔뜩 이고, 쥐고, 입에 문 끈 끝에 아이 허리 묶어 끝내 가 닿았을까 대답 대신, 마침 진눈깨비 분분한 육교 아래 차도를 내려다봤다 아니! 모두 천안 가는 쪽으로 뜨거운 이마 두고 있잖아 당신 물음에 이젠 쉽게 답할 수 없다 아이와 여인과 짐이 여태 도착하지 못했다면 나는 그 길 모르던 게 된다 그러니 또한 물어야 하는 수많은 행인行人 중 하나, 이렇게 사는 동안 당신이나 자신에게 자꾸 묻던 거였다 누군가, 허공에 비명 내던질 때조차 실은 그 길 묻는 중임을 깨닫기까지 나는 정작 천안은 지명地名이 아님을 알지 못했다

날개

펄럭대는 팔소매로 방금 알아봤습니다 무엇 하나 움켜쥐지 못한 두 손, 두 팔은 날개로 변한다는 소문에 붙잡힌 당신, 겨드랑이 돋는 날개 견디느라 마음고생 얼마나 컸습니까 더는 감출 수 없을 때까지, 아무도 모르는 절벽 같은 데서 나는 연습 얼마만큼 이젠 훨훨 날 수 있게 된 겁니까 그래, 오늘은 해에게 날개를 보여줘도 좋은 날입니까 무슨 굳센 작정 막 끝냈는지 두 날개 도움닫기, 앞뒤로 크게 흔들며 습習을 끝낸 새처럼 저기 저 길 끝에서 당신은 깜박 사라졌습니다

더 가벼워져야겠기에

저도 그 난간欄干을 떠나왔습니다

시장과 바다

낯선 곳으로 가라, 낯선 이들 향해 가라는 외침 분분한 춘분春分 진눈깨비 따라나선 노천시장, 앳된 목청 터진 동태 손수레 지나자마자 물 뿌린 듯 고요 밟히는 모랫길 따라 화살나무 새잎 포대 뒤 애 업고 선 아줌니 지나 누군가, 아침 겸 점심 꼬치오뎅 청하는 붉은 천막 지나 고사리 봉분 쪼그려 지켜 앉은 할머니 다음 애초부터 쓸쓸함이 주인이라는 듯 자리 비운, 갯내 홍건한 물미역 좌판 앞 서성대는 당신은 다시 먼바다로 떠날 참입니까

제3부

그리운 공복

찬물에 부시고 헹궈

부뚜막에 엎어놓은 대접 저녁달

불 끈 부엌, 캄캄한 하늘 밤새워 건너

수수빗자루 골목 쓸듯 싸락눈

싸락싸락대는 아침, 누군가

들릴락 말락 물 한 그릇 청하며

오래된 대문을 두드린다

구절리 일박

청주 제천 영월 정선 거쳐 구절리 닿으니 새벽, 늙은 역부 흰 장갑 시린 개찰구 빠져나온 예닐곱 두런두런 몰려가 보니 혼자 불 밝히고 뭉게구름 피워 올리는 두부집이다 양념간장 쳐 훌훌 마시는 순두부 한 대접 금천원, 쪽방 윗목 우유깡통에 지전 한 장씩 넣는다

남녀 안 가리고 나란히 벽에 등 대고 앉아 눈 감는
다 누군가, 상床 값 받으러 추풍령 넘어 온 길이라
고, 이 걸음에 다 받아질지 모르겠다는 푸념 끝에
잠들었다 깨니 빈 방에 모로 쓰러진 아침이 방바
닥에 붉다

비밀

겨울 저녁 누군가, 명태찌개가 먹고 싶어 그걸 먹었다 빙 둘러앉아 숟가락 젓가락 부딛혀가며 맛있게 먹었다

바람 부는 저자에서 또 누군가, 좌판 위 눈 붉은 명태 보기만 하고 지나갔다 몹시 추운 명태는 여전히 거기 길다랗게 누워 있다

어떤 큰 손이 때때로 누군가의 가슴에 명태찌개
보글보글 끓여주신다 두부는 알맞게 부풀어 오르
고 끓여도 끓여도, 대파는 파랗게 싱싱하다

그냥 가볍게 건너뛰기엔 그윽하고 또 그윽하다

오월 사나흘

감자만 내내 먹게 된다면 끝내 그저 그런 덤덤을
넘어서는 무엇과 맞닥뜨리게 될 것이오

그것도 혼자가 아니라 서너 개 담아 물 한 그릇 곁
에 놓고 비린내 나도록 쌀랑 식혀 먹는 게 아니라
여럿이 빙 둘러앉아 가마솥에 방금 쪄낸 감자 수
북히 가운데 두고 아이쿠 뜨거라 손 호호 불며 잘
씻었으니 껍질째 먹으렴 김칫국 훌훌 마셔가며 고
만고만한 감자 표정 하나씩 따로 새겨가며 이마
환해지도록 감자 먹는 오월 사나흘, 쉰 번 더 지난
오월 사나흘

등 살짝 굽혀, 땅거죽 뚫고 온 말간 새 얼굴 만나
는 눈까풀도 마침내 손바닥처럼 뜨끈해질 것이오

밥 속에 절벽 있다

히말라야 산양山羊은 눈 녹은 바위 틈 한줌 모래 위 연초록 겨냥해 십수 미터 절벽 수직낙하 마다치 않는다고 읽었다 엘리베이터 밥숟갈처럼 상승, 하강, 수없이 반복한 뒤 혼곤한 새벽잠 든 것 여럿 보았다 그래, 어떤 새들마저 화살이듯 내려꽂히며 땅 위 움직이는 밥 움켜쥔다니 밥 속에 절벽 있다는 생각 고집처럼 갖게 되었다 언젠가, 공사 중 아파트 오 층에 대고 바압 먹자 외치니 그래, 하는 대답에 잇대 이 층 높이 모래산 위로 훌쩍 뛰어내리는 사내를 만났다 비탈 쭈욱 미끄러지더니 툭툭

털고 일어나 앞장서 갔다 그때부터 바압, 하고 나
지막이 불러보면 아찔한 절벽 모래산 너머 지던
붉은 해 나란히 따라 나왔다

배롱나무

배롱나무 붉은 꽃 피었다 그 나무 아래 볼 발갛게
앉았던 여자가 생각났다

물속 마을 같은 시골 여관 뒷마당, 눈 속 그녀와 솥
단지 걸고 평생 뜨건 밥 먹으며 살고 싶었다

간밤 정염 양 볼에 되살려내는 중이던가 배롱나
무 붉은 꽃주머니 지칠 줄 모르고 매달듯 그토록
간절한 십 년, 십 년, 또 오 년이 하룻밤처럼 후딱
지나갔다

꽃 피기 전 배롱나무 거기 선 줄 모르는 청년에게
소리 없이 말 건넨다 목숨줄 타는 밤 뒤 그 나무 아
래 잠깐 머물러라 정오 무렵이면 더 좋다 여자 두
뼘 배롱나무 꽃불 하낫, 두울, 세엣, 켜든다면

빨리 솥단지 앉히고 함께 뜨건 점심 해자시게!

여우비

구두 베고 한 사내 잠든 간이역 벤치
은행나무는 푸른 하늘 속으로 성큼 걸어 들어갔다

여우비 지나는 역사 추녀 아래 몇몇 이들
일어나라, 일어나라는 눈짓도 그 사내 못 일으켜
세웠다

그들은 곧 꿈꾸듯 먼 길 떠날 게다
은행나무 우산 쓴 사내가 맨발로 구름 위 걷는 동안
머리에 인 구두는 세상에 젖지 않을 게다

여우비는 장난꾼처럼

맑은 물방울 조루로 휙휙 뿌리며 지나갔다

구두, 은행나무, 산 뚫고 오는 기차도 다 잊어버

리라고

간이역에서 기차표 만지작대며 서성이는 동안

여우비, 이 모두를 단 한 번에 꿈꿔버리라고

기차는 물속 마을을 지난다

여기부터 저 끝까지 내내 숨 꾹 참고 한꺼번에 봐버려야 합니다 낮밤 구분 없는 반半투명 사방십리 마을, 은사시나무 닮은 사람들이 물속에서 말하는 법 마흔 해째 배우는 중입니다 여기선 한번 간격 정해지면 가지 길게 내뻗어 당신에게 가닿지 못합니다 고픈 배, 아픈 몸, 다툴 일 없고 아이들은 더 자라지 않습니다 그래, 이엉 엮어 얹은 둥근 지붕 아래 조선문창호 앞뒤로 닫아걸어 젊은 내외 간절히 쓰다듬고 사랑할 밤은 영영 오지 않습니다 다만, 길게 흔들리는 물풀 사이 기차가 물속 마을 다 지나면 날숨 정수리까지 차오른 당신은 아

기고래처럼 솟구치며 살아있음을 뿜어 올릴 겁니
다 그 다음

엉엉 소리 높여 울어도 좋습니다

단수통보의 날들

선로, 관로는 함께 가는 길입니다 기차 선로에 역
섰듯 급수 관로엔 여닫는 문 있습니다 단수통보는
그 역까지 물 실은 기차 보내지 말라는 고지구요
그러나 늙은 배관공은 옛 철길 따라 기차 지나가
게 합니다 관로 문 살짝 열어, 잊혀지지 않을 만큼
느릿느릿 가게 합니다 이것은 운행시간표 없는 간
이역에서 하루 한 번 멈추는 기차 기다리는 일과
같습니다 따라서 누군가, 관로에 귀 대고 아득히
다가오는 물소리 듣게 될 겁니다 덜커덩 덜커덩
선로 구르는 바퀴소리 듣게 될 겁니다 회덕 매포
부강 내판 같은 간이역 지나 변기 물탱크, 욕조에

쫄쫄쫄 대며 불편 채우는 밤 계속될 겁니다

벽 너머 지금 애써 귀 연 당신, 그 소리가 정말 불
편해지기 시작한 겁니까

고래의 눈물

땅으로 올라온 고래가 바다로 되돌아간 까닭은 채 밝혀지지 않았다 다만, 물속에서 한껏 숨 참아내는 힘은 수염고래 무성한 수염개수만큼의 세월로 짐작될 뿐이다

다른 별에서 보면 지구는 초록 수구水球, 정말 숨 막히는 기적은 거대한 고래가 물속을 새처럼 둥글게 날며 별 한 바퀴 뼁 돌고 때론 물구나무서서 묵직한 꼬리로 탕 타앙 탕, 수평선 치며 놀다 생각났다는 듯 솟구쳐 분수처럼 숨 뿜어내는 일이다

그러니까 고래는 바다 속 파이프오르간, 그걸 듣는 귀를 가진 사람들이 고래처럼 만든 배를 타고 바다를 건너다닌다

저도 돌며 또 태양 둘레를 도는 초록별 움찔 멈춰선 201404160850, 북위 34.2181° 동경 125.95° 거기, 가라앉은 배 벽 두들기고 또 두들기던 사람들 304명, 두 팔이 지느러미로 변할 때까지 숨 참고 또 참아야 했다 수염고래 무심한 수염개수만큼의 세월이 단박에, 한꺼번에 그 바다를 뚫고 지나갔다 그 다음,

그들은 모두 고래가 되어 깊은 바다로 헤엄쳐 갔다

히말라야 산 속 마을

히말라야 등성이를 지나던 저녁, 꼭대기까지 등
켜진 작은 봉우리를 만났다 감탄하는 일행 등 뒤
에서 안내인이 이랬다 낮에 거길 지날 때 실망 마
세요 불빛 하나가 너댓 평 움막에 켜진 유일한
등燈이랍니다 실망은 내일 몫이고 그래도 지금은
저토록 아름다운 정경 아니냐고 누군가 반박했다
그 말에 전부를 바친다는 듯 봉우리 전체 한 번,
두 번, 깜박깜박 댔다 산비탈을 개간하며 올라갔
는데요 혼인이 들면 위쪽 집 짓고 밭 만들고 하다
가 끝내 산봉우리 가 닿았구요 이젠 마을 젊은이
들이 카트만두에서 날품 팔아 부쳐오는 돈으로 생

계를 잇는답니다 비탈밭 몇 포대 감자 수수 밀만

으론 아이들을 키울 수 없으니까요 그때쯤 이마가

서늘해진 일행은 반딧불이 군체群體 같은 건너 쪽

묵묵히 바라보았다 집집마다 등 하나씩 숨죽여 켜

놓은, 오래전 떠난 이들 잘 찾아오라고 작은 봉우

리 하나 다 밝혀놓은

춤

샹그릴라 고원高原 바람이 물었다

여기가 당신 여정의 끝인가

잠깐 머뭇댈 새 말고삐 말아 쥔 소년

풀숲 불쑥 솟아올라 청하지 않은 춤

혼자 추기 시작했다 푸른 옷소매

허공에 그리는 선율 따라

바람 속 말갈기인 듯

눕고 일어서는 마른 풀줄기인 듯

지금, 여기를 떠나는 몸 밖으로

샘물처럼 서늘히 흘러넘치는

저 꿈

이 돌연한 선물은

푸른 하늘 흰구름 서걱대는 키 큰 억새

가만히 생각에 잠긴

조랑말 붉은 눈에 비치는 것

그토록 꿈꾸던 여기 막 도착한 가슴과

낯선 저곳 향하는 앳된 열망을 뒤섞어

누구도 무릎 꿇지 않고

메마른 땅에 자꾸 입 맞추게 하는

저 힘

그 다음, 오래 참아 둔 눈물방울 서넛

뜨거운 눈까풀 밀고 나왔다

도마뱀 해갈

빗방울 툭 떨어졌다

나 여기 왔어요

당신 손바닥 위

빗방울 툭 툭 떨어졌다

처음 만난 이에게 먼저 말 건네려

허공 단숨에 뛰어내렸답니다

붉은 소금 혓바닥

하늘 향해 길게 빼 문 당신

거기 툭 툭 툭

다 살고 나서

물맛이 그중 좋았노라

투욱, 툭

한 점 슬픔 없이

누구에게 전하시렵니까

정월대보름

누군가, 한참 가던 길 되돌아와 쌀랑한 냇물 속에
성큼 발목 벗고 들어서 개여울 오르락내리락 잘박
잘박 물소리도 함께 징검다리를 고쳐놓는 중이다

그 집 아랫목에 누구 오래 앓아누웠던가, 절하듯
엎드려 괴고 흔들어 보고 지긋이 디뎌보다 다시
괴고 또 올라서서 굴러보는 발목이 희고 가느다
랗다

| 해설 |

생명의 이치理致인 '당신'을 찾아서

오철수(시인, 문학평론가)

그 길 누가 묻고 나는 쭉 뻗은 길 가리켰다 누군가 또 묻자 무지개 걸린 산 저쪽 향해 손 치켜들었다 당신이 물었을 땐 돌연 막막해져 맨 처음 가르쳐 준 여인이 생각났다 잔뜩 이고, 쥐고, 입에 문 끈 끝에 아이 허리 묶어 끝내 가 닿았을까 대답 대신, 마침 진눈깨비 분분한 육교 아래 차도를 내려다봤다 아니! 모두 천안 가는 쪽으로 뜨거운 이마 두고 있잖아

당신 물음에 이젠 쉽게 답할 수 없다 아이와 여인과 짐

이 여태 도착하지 못했다면 나는 그 길 모르던 게 된
다 그러니 또한 물어야 하는 수많은 행인行人 중 하나,
이렇게 사는 동안 당신이나 자신에게 자꾸 묻던 거였
다 누군가, 허공에 비명 내던질 때조차 실은 그 길 묻
는 중임을 깨닫기까지 나는 정작 천안은 지명地名이 아
님을 알지 못했다

–「천안天安 가는 길」 전문

더 이상 의심할 수 없을 정도로 분명하고 확실하게 알고 있다고 믿던 '천안'이 그렇지 않음을 알게 되는 체험입니다. 까닭은, 하나의 '천안'이 있는 것이 아니라 사람 수 만큼의 '천안'이 있기 때문입니다. 그럼 여지껏 알고 있던 '천안'은 무엇입니까? "지명地名"이라는 언어로의 '천안'입니다. 지명으로의 '천안'은 분명 행정구역의 하나로 실체적이고 독립적입니다. 하지만 실재의 '천

안'은 "잔뜩 이고, 쥐고, 입에 문 끈 끝에 아이 허리 묶어" 걷고 있는 행인이라는 상황 조건 속의 한 인간의 마음에 잇닿아 있는 '천안'입니다. 그것은 지명 '천안'이라는 말에는 없는, 따라서 언어화될 수 없는 또 언어화되면 죽어 버리는 생생하게 살아 있는 '천안'입니다. 그러니 내가 생각하는 분명한 '천안'은 누구에게나 옳음의 '천안'이 아닙니다. 그래서 "그 길 누가 묻고 나는 쭉 뻗은 길 가리켰다 누군가 또 묻자 무지개 걸린 산 저쪽 향해 손 치켜들었다"는 이전의 자기 행위가 반성되며 "이젠 쉽게 답할 수 없다"고 말합니다. 언어에 의존하여 사는 존재가 그 언어의 한계를 뼈저리게 느낀 것입니다.

그렇다면 이제부터는 언어 행위를 못하게 된다는 말입니까?

물론 아닙니다. 자기가 알고 있던 '천안'도 뭇 행인들이 알고 있던 '천안'들의 한 가지일 뿐이었음을 알 때 열리는 것이 바로 '언어와 잇닿아 있는' 생생한 삶의 이해입니다. "허공에 비명 내던질 때조차 실은 그 길 묻는 중임을" 보는, 소위 불가에서 말하는 견지망월見指忘月, 달을 보라고 손을 들어 가리켰더니 손가락만 본다의 우를 넘어 관계적 본질을 보는 길에 들어서는 것입니다.

1. 욕망의 균열에서 떠오른 '당신'

앞서 읽은 시에서도 '당신'이 나옵니다. "또한 물어야 하는 수많은 행인行人 중 하나, 이렇게 사는 동안 당신이나 자신에게 자꾸 묻던 거였다"에서의 '당신'은 자신과 분리된 어떤 존재인 듯합니다. 하지만 그 '당신'은 "그 길 누가 묻고 나는 쭉 뻗은 길 가리켰다 누군가 또 묻자 무지개 걸린 산 저쪽 향해 손 치켜들었다"의 상태, 다시 말해 소아小我가 전부인 상태에서는 결코 떠오를 수 없는 '당신'입니다. 상식적으로 생각해도 내 뜻대로 내 앎대로 다 된다면 자신 외에는 특별한 가치를 가질 수 없습니다. 하지만 삶이 어디 그렇습니까. 내 뜻대로 되는 것 하나도 없는 삶이니 자기 아닌 무엇을 생각하게 되는 것은 자연스럽습니다. 그래서 시인도 "당신이 물었을 땐 돌연 막막해져 맨 처음 가르쳐 준 여인이 생각났다"고 진술합니다. 욕망하는 자신의 부조화 혹은 균열에서 '당신'이 생겨나, 그 '당신'의 물어서, 이전의 자신을 돌아보게 되는 것입니다.

그렇다면 '당신'은 외부로부터 주어진 존재라기보다 내 삶에서 생겨나는 내인적 관계의 어떤 존재입니다. 그리고 그 생겨남의 힘은 자신이라는 작은 자아가 말 그대로 작은 자아일 뿐이라는 삶에의 각성에서입니다.

그래서 시인은 다음처럼 말합니다.

해가 안개 걷어내면 코끼리 안장은 가난처럼 거침없이 드러난다 당신도 나도 거기 올라앉아 콩 볶는 햇살 폭포 길게 건너간다 앞선 꽁무니 불쑥 솟은 절벽 아래 모래 섞인 무더기똥 털썩털썩 쏟아져 내린다 거대한 목 옮아 맨 붉은 동아줄 한끝 움켜쥔 채 알 수 없는 곳으로 쿵쿵 땅 울리며 가는 길은 낯선 슬픔이다 그런데, 코끼리는 언제 우는가

-「코끼리는 언제 우는가」 부분

이 세상에서의 삶은 에누리 없이 "콩 볶는 햇살 폭포 길게 건너" 가는 일이고, "거대한 목 옮아 맨 붉은 동아줄 한끝 움켜쥔 채 알 수 없는 곳으로 쿵쿵 땅 울리며 가는"의 코끼리 그 "안장" 위에서의 시간입니다. 그 불편함에서 작은 자아의 자의식에 균열이 생기고, 하이데거가 말했듯 '내가 내 집에 있지 않음'을 일종의 불안 같

은 "낯선 슬픔"으로 느끼게 됩니다. 물론 그때마다 작은 자아는 '왜 세상은 이 모양이냐!'고 저항합니다. 아이디얼하게 바꾸려고 발버둥치기도 합니다. 하지만 거대한 코끼리는 꿈쩍도 안 합니다. 다치는 것은 그 안장 위에서 버둥거리는 작은 자아일 뿐입니다. 이것이 삶의 무지막지한 힘, 생의 엄연함입니다. 물론 그래서 더 큰 힘을 찾으려는 미망迷妄에 빠지기도 합니다. 하지만 그렇게 해서 해결될 일이 결코 아닙니다. 왜냐하면 인간은 그 삶의 조건 안에서만 인간이기에, '왜 삶이 이러해야 하는가?'라는 물음이 성립되지 않기 때문입니다. 그러니 그에 따른 해결방안이라는 것도 엉터리일 수밖에 없는 것입니다.

이렇게 삶의 조건에 대한 뿌연 안개가 걷힐 때쯤 아주 문득 각성의 문턱에 이릅니다.

그게 바로 "그런데, 코끼리는 언제 우는가" 하는 물음입니다. 생각해 보니 이제까지 그 코끼리는 안장에 앉아 있는 나처럼 욕망에 볶이지도 않았고 그 감정을 단 한 번도 터뜨리지 않았습니다. 그래서 위 시의 3연 끝에 "이제 어디서든 무언가 골똘하게 되면 꼼짝없이 코끼리를 만나게 되리라 그때 우리는 움직이는 나무를 위해 소리없이 울어줘야 한다"고 말합니다. 욕망을 좇아 "움직이"고 증식시키는 모든 삶의 양식에서 벗어나 "코끼리" 같은 걸음의 삶을 생각할 때인 것입니다.

그래서 노자도 다음처럼 말했을 겁니다.

> 執大象, 天下往.
>
> 큰 추상적 가치[大象]를 잡아라! 천하가 움직인다.
>
> 往而不害, 安, 平, 太.
>
> 움직여도 해가 없으며 안전하고, 평등하고, 태평하다.
>
> -『도덕경』 35장에서

설명하자면 길지만 '거대한 코끼리를 잡아라!'와 시인이 말한 "꼼짝없이 코끼리를 만나게 되리라"가 비슷한 상황입니다. 비로소 눈을 흐릿하게 막고 있던 한 비늘이 떨어지고, 작은 자아에서 큰 자아로 열리는 순간입니다. 그 코끼리!

그럼 큰 코끼리는 무엇입니까?

2. 우주율宇宙律로서의 '당신'

노자는 '큰 추상적 가치[大象]를 잡아라! 천하가 움직인다. 그러면 아무리 움직여도 해가 없으며 안전하고, 평등하고, 태평하다.'고 했습니다. 시인은 거대한 코끼리를 보게 되면 "그때 우리는 움직이는 나무를 위해 소리 없이 울어줘야 한다"고 합니다. 왜냐하면 코끼리를 보지 못하고 욕망을 좇아 산 삶이 안전치 못하고, 평등치 못하고, 태평하지 못한 상태였기 때문입니다. 그렇다면 욕망과의 부조화와 균열에서 생겨나고 형체를 갖춘 '당신'은 그런 삶을 '안전하고, 평등하고, 태평하게' 하는 노자의 '대상大象'과도 같은 존재입니다. 천하를 움직이는[天下往] 우주율 같은 '당신' 말입니다.

다음 시가 그렇다고 합니다.

> 먼 길 걸어 온 내게 저녁은 의자 하나 내어줍니다 그런데 거기 아직 온기 남아 당신이 방금 길 떠난 줄 알았습니다 의자에 앉아, 허공에 던져진 둥근 공 지구를 떠올립니다 그러면, 애닯고도 웅장한 선율 한 대접 냉수처럼 몸속으로 흘러들어옵니다 그래요, 이 음악이 아니면 당신이 어떻게 밤길 그토록 멀리 다녀오겠습니까 지구가 제 음악에 취하지 않았다면 그토록 오래, 쏟

살같이 태양 둘레를 돌겠습니까 세상엔 밤낮으로 일
하는 이들 번갈아 쉴 의자가 있습니다 그들 위해 교대
근무자 없는 지구는 허공을 거침없이 뚫고나가며 연
주를 계속합니다 자바의 원시림, 아마존강, 아직 뱃길
닿지 않은 바다와 고비사막 돌개바람도 잠시 때를 놓
고 지구를 깊이깊이 들이쉽니다

그런데 이 소리 없는 음악은 몸 전체로 들어야 취한
다지요
꿈 없는 잠처럼 듣고 나면 금방 잊어버린다지요

-「교대근무자」 전문

낮과 밤의 교대로 영원히 반복하는 우주적 질서를 "애
닯고도 웅장한 선율", 스스로 그러한 "제 음악"이라고 합
니다. 그리고 그 음악을 '깊이깊이 들이쉬어', "한 대접

냉수처럼 몸속"으로 흐르게 하면, '취하여' 안전한 삶, 평등한 삶, 태평한 삶이 된다고 합니다. 그 증거가 바로 "이 음악이 아니면 당신이 어떻게 밤길 그토록 멀리 다녀오겠습니까"의 '당신'입니다. 그리고 그 '당신'으로 하여 지구조차 안전함을 누립니다. 그래서 "지구가 제 음악에 취하지 않았다면 그토록 오래, 쏜살같이 태양 둘레를 돌겠습니까"라고 말합니다. 우주율의 인격화가 당신인 것입니다. 그래서 그 당신의 존재를 알지 못했던 때가 연상됩니다. 그때의 세상은 나의 일 량量과 그에 따른 가치기준으로만 표상하는 세상입니다. 그러니 나는 그 '표상된 세계'상분相分으로의 세계로부터 끊임없이 소외될 수밖에 없는 존재입니다. 자기를 최고라고 하면서도 날마다 최고가 아님을 경험하는 삶이니 늘 불안하고 평안치 못한 상태입니다.

그런데 이렇게 이해할 때도 조심해야 할 것은 그 우

주율로서의 '당신'은 우리의 계산하는 이성으로는 잘 잡히지 않는다는 사실입니다. 우주율이 있음을 "거기 아직 온기 남아 당신이 방금 길 떠난 줄 알았"듯 기미와 조짐과 같은 '몸느낌'으로 알뿐입니다. 그래서 시인도 단서조항처럼 "그런데 이 소리 없는 음악은 몸 전체로 들어야 취한다지요/ 꿈 없는 잠처럼 듣고 나면 금방 잊어버린다지요"를 답니다. 우주율과 하나인 '당신'은 깨달음처럼 옵니다. 바로 그런 '당신'이기에 '당신'이라는 말만 들어도 내 몸이 안전하고 평안해지며 충만해지는 체험이 일어나는 것입니다.

그래서 그런 당신을 생의 이치로 내 안에 들여놓고 같아지고자 하는 것입니다.

3. '당신'과 원융圓融적 하나가 된 삶

왜 당신을 생각하고 하나이고자 합니까?

- 그런 삶만이 안전하고 평등하고 평안한 충만의 삶이기 때문입니다.

시인은 이런 상태를 일러 "십일월에 남쪽으로 갈 때는 버스의 오른쪽에 앉아, 뺄을 서로 발라주며 깔깔대다 웅덩이로 풍덩 뛰어들어 물속에서 하늘을 올려다보는 아이들의 충분充分을 넌지시 웃게 될 겁니다 햇빛 속 맑은 물렁뼈 같은 냉기를 따라가며 무엇보다 먼저, 자신을 즐기는 일에 취해 끝없이 자맥질하는 먼바다 아기고래의 몸짓을 떠올릴 겁니다 솟구치거나 가라앉거나 여전히 바다며 고래이듯 한 삶"이라 하고, 이어 "그토록 오래 그리워한 건 바로 삶 자체"(「십일월을 만지다」에서)라고 합니다.

이 형상의 의미는 '당신'과 나는 둘이면서 하나이고 하나이면서 둘이라는 것입니다. 이런 역동적 관계를 불가에서는 '불일이불이'不一而不二라는 말로 표현합니다. 우주율로서의 당신과 욕망하는 존재로의 나는 분명 다르지만, 우주율로서의 당신이 나를 욕망하고 또 욕망하는 존재로서의 내가 우주율로서의 당신을 바람으로서 원융적인 하나가 되는 것입니다. 물론 오래전에 아이일 때는 우주율로의 당신과 욕망하는 존재로의 내가 분리되지 않았습니다. "뻘을 서로 발라주며 깔깔대다 웅덩이로 풍덩 뛰어들어 물속에서 하늘을 올려다보는 아이들의 충분充分"처럼 스스로 그러하게 우주율과 하나된 삶이었습니다. 하지만 삶이 부추긴 욕망과 증식시킨 앎이 이런 조화를 깨뜨립니다. 욕망을 탐하는 존재가 되자 우주율을 잃게 된 것입니다. 이런 방황 때의 사람들은 '우주율은 무슨! 그런 것 없고 욕망을 탐하는 존재가 전부다'고 말합니다. 하지만 그럴수록 불안은 깊어지고 힘들고 외롭습니다. 내가 나의 집에 있지 않다는 존재론적 불안과 고독이 찾아듭니다. 그런 고통을 없애는 방법이 다시 우주율과 하나되길 욕망하는 삶입니다에릭 프롬은 '존재론적 삶의 양식'이라고 부릅니다. 시인의 표현처럼 "솟구치거나 가라앉거나 여전히 바다며 고래이듯 한 삶", 우주율과 하나된 삶이 되는 것입니다. 이를 논리 단계로 말하면 전분별적 '산은 산이요 물은 물이다'에서 분별적인 '산은 산이 아니요, 물은 물이 아니다'를 거쳐, 초분별적인 '산은 산이요 물은 물이다'로 돌아가는 것입니다. 전분별적 단계와 초분별이 겉으로는 같아 보이지만 그것은 퇴행의 같아짐이 아니라 넘어서 깊어지는 원융적 하나됨입니다. '당신'을 내 안에 들여서 다시 삶의 안전과 평안을 회복하는 하나입니다.

이런 우주적 필연 관계의 회복을 다음처럼 아름답게

노래합니다.

맨 처음 제가 저녁을 굶어 한번 와봤다 하셨지요 그래 꼭 챙겨먹은 밤 또 오십니다 청하지 않으니 지나는 길에 들러봤다 하십니다 그럼 불 켜 두고 산보 나선 빈방 창밖 내다보고 선 당신은 웬 깜짝입니까 무슨 손님이 남 안에 막무가내 들어선답니까 행여 제게, 누군가 밖에서 그토록 간절히 부르는 소리 안에서 몰라라 한 적 있던가 문고리 되레 걸어닫고 다만 어서 그냥 지나가기만 바랐던가 북풍한설北風寒雪 그 때, 바로 당신이셨습니까

그래요 제가 아니면 당신의 거처 어디겠습니까
사람은 아주 오래된 슬픔의 집입니다

-「손님」 전문

'당신'에게 눈뜨면서 '당신'은 이 세상에 미만彌滿합니다. 온갖 곳에 '당신'이 있고, 그 '당신'으로 하여 나의 밥 한 그릇이 있었고 따뜻함이 있었던 것입니다. '당신'으로 하여 나의 외로움이 허무로 나아가지 않고 다시 '당신'을 찾게 된 것입니다. '당신'을 찾아 하나됨으로 온전한 삶이 되는 것입니다. 그러니 당신과 나는 하나이면서 둘이고 둘이면서 하나입니다. 그런 관계의 깨달음과 회복으로 돌아오는 '깨달음의 노래'이를 오도송悟道頌이라고도 한다가 "그래요 제가 아니면 당신의 거처 어디겠습니까/ 사람은 아주 오래된 슬픔의 집입니다".

그래서 이제 우주율로서의 '당신'을 담은 삶이고자 합니다.

4. '당신'과 하나된 그윽한 평화와 자유

'당신'과 하나됨으로 어떤 일이 일어납니까?

- 이원론적 구원이 아니라 일원론적 해방이 일어납니다.

무엇으로부터의 해방입니까?

- '당신'을 상실하여 대신할 무엇을 찾아 헤매며("찬바람 쌩쌩 흙먼지 풀풀대는 사막을 걸어" -「고비사막을 건너는 힘」에서) 갖게 된 온갖 반생명적인 감정으로부터의 해방입니다.

그러면 그런 감정이 사라지는 것입니까?

- 아닙니다. 그런 감정이 사라지는 것이 아니라 그런 감정이 헛됨을 알아 더 이상 그에 연연하지 않게 되는, 착着하지 않게 되는, 풀려나는 것입니다.

하여 어떤 상태를 이룹니까?

- 우주율로의 '당신'과 하나 됨으로 진정한 생명적 삶에 집중하게 되고, 그렇게 됨으로써 자유로움과 그윽한 평화의 상태가 됩니다.

시인은 그 상태를 다음처럼 노래합니다.

나무 아래 나무 둥치 두 팔 벌려 잡고 고개 쳐들어 우듬지께 보며 나무야, 나무야, 불러봤습니다 누굴 이토록 간절히 불러보기 얼마만입니까 고개 젖혀, 누굴 환하게 올려다보기 또 얼마만입니까 그 때 바람결인가, 수십백천만 잎사귀 가만가만 흔들렸습니다

큰 걱정 말라고

때 맞춰 비도 내릴 거라고

-「교감」 전문

이 시에서 교감의 대상은 나무입니다. 그 나무는 욕망의 대상을 찾아 헤매는 인간 같은 존재가 아닙니다. 한 자리에서 우주율을 따르고 그것과 하나됨을 욕망함으로 존재하는, 이미 '당신'과 하나된 나무입니다. 그래서 시인은 노골적으로 "나무 같은/ 다음 생을 만나러 왔노라고"(「고비사막을 건너는 힘」에서) 말하기도 합니다.

바로 그런 나무와 만나 참된 생명적 삶에 "교감"합니다.

그 교감의 형식은 "두 팔 벌려 잡고 고개 쳐들어" "환하게 올려다보기"이고, 내용으로의 응답은 "큰 걱정 말라고// 때 맞춰 비도 내릴 거라고"입니다. "큰 걱정"에 해당하는 탐하는 욕망의 부질없는 감정으로부터 풀려나 "때 맞춰 비도 내릴 거"라는 이치의 걸음을 하는 것입니다. 작은 자아의 욕망을 큰 자연의 이치에 조화하여 자유로움("바람결인가")과 그윽한 평화("가만가만")를 얻는 것('환함')입니다.

이것의 완성이 이치를 자기 몸으로 하는 것일 겁니다.

그 순간이 바로 '물아일체物我一體'의 경지입니다.

생각해 보십시오. 노을을 "느지막이 길 가는 이를 위해 가마솥 가득 붉은 수수죽을 쑤는 중"으로 읽고, 그를 "찬찬히 들여다봅니다// 당신이 지금 허리 굽혀 아궁이를 들여다보는/ 바로 그 눈 아닙니까"(「노을」에서)라고 말할 수 있다는 것은 이미 욕망하는 자아가 우주율로의 생의 이치와 하나가 된 것입니다.

이처럼 이치와 욕망의 일치에서 진정한 자유와 그윽한 평화가 찾아옵니다.

이상이 제가 시를 읽으며 가졌던 의문으로의 '당신'

을 우주율이자 생명의 이치로 이해하는 문턱들입니다. 그리고 이런 탐색이 여전히 제 삶에 따른 언어적 한계 안으로 살아 있는 서정을 포섭하는 행위인 까닭에 오히려 독자들의 시 읽기를 방해할 수도 있다는 염려 또한 있습니다. 하더라도 분명한 것은, 이런 저의 한계 너머에 시인의 생생한 서정이 있다는 사실입니다. 이런 서정의 깊이를 이 세상에 준 이면우 시인에게 고마워하며 글을 마칩니다.

| 시인의 말 |

표제시와 서넛 말고는 대부분 십 년 저쪽 시들이다. 이렇게 묶이기까지 참 오래 기다려 주었다.

꽃밭에서 넘어진 아이가 무릎의 피를 한참 울다 다시 보니 붉은 꽃잎이더라는, 일곱 살 여름에 만난 그 간결한 문장에 의지해 삶도 시도 여기까지 왔다. 밀어 주고 이끌어 준 이들에게 감사 드린다. 어김없이, 어깨의 짐을 내려 주던 붉은 저녁 해에 대한 경배 또한 빼놓을 수 없다.

시 쓰길 잘했다는 느낌이 든다. 잠들기 전, 짧게 입가를 맴돌다 가는 이 낯선 손님에 대해서도 꼭 적어 두고 싶다.